SATIRES

PAR

PIERRE LAGARGUILLE

Vitam impendere vero !

40 centimes

50 centimes rendu franco dans toute la France

LYON

ASSOCIATION TYPOGRAPHIQUE

Regard, rue de la Barre, 12

1869

Y+

SATIRES

SATIRES

PIERRE LAGARGUILLE

Vitam impendere vero !

LYON

ASSOCIATION TYPOGRAPHIQUE

Regard, rue de la Barre, 12.

—

1869

DÉDICACE

—

Un même intérêt nous rassemble,
O vous, pauvres martyrisés,
En qui la foi vacille et tremble,
Faibles, petits et méprisés ;

Et vous âmes et cœurs brisés,
Dont le malheur au mien ressemble,
Si vos yeux ne sont point usés,
Venez ! nous pleurerons ensemble...

Pleurer ? Oh ! non ! Quand la vertu
Meurt ; que l'honneur est abattu,
Que le vice est à l'apogée,

Par quelques traits fiers et railleurs,
Vengeons la morale outragée....
En attendant des jours meilleurs !

Pierre Lagarguille.

SATIRES

GUIGNOL RÊVEUR

GUIGNOL (*se promenant dans sa chambre*).

O Muse, inspire-moi ! montre-moi le chemin
Par lequel on arrive à l'âme, au cœur humain ;
    Prête-moi ta plus douce lyre !
Apprends-moi le secret, l'art de persuader,
D'attacher, d'émouvoir... de ne pas bavarder
    De longues heures sans rien dire.

Sur le dos des faquins, des coquins, des repus,
Puisque mes bons bâtons en vain se sont rompus,
    Tant que j'en suis devenu maigre,
Usons d'autres moyens : plus de rage et de fiel !
Voyons si nous prendrons des mouches par le miel
    Aussi bien qu'avec du vinaigre.

Mais dois-je me servir du moderne jargon
Qu'on *pince* à l'Alcazar avec le rigodon,
    Et de proche en proche nous gagne ?
Que parlent les voleurs, les filles, les valets ?
Qui monte à la chaumière et descend au palais,
    Et prit naissance dans un bagne ?

La langue des Balzac, George Sand et Rousseau,
Faudra-t-il la bannir ? puiser dans le ruisseau,
 Dans le lupanar et le Pinde ?
Accoupler de gros mots qui se heurtent entre eux ?
Dire *poitrail* pour sein, *toqué* pour amoureux ?
 Mêler Dumolard à Clorinde ?

Oui, sans doute ! Il faut bien, pour se faire écouter
De ces blonds Cocodès qu'on voit au Parc trotter
 Sur de méchantes haridelles,
Et de ces bons bourgeois qui se donnent le ton,
L'air fier et satisfait du papa Benoiton,
 Prendre toutes les ritournelles !...

GNAFRON (*entrant vivement*).

Absent depuis huit jours, vieux, j'avais grand besoin
De revoir tout mon saoûl ta franche et bonne balle !
Chignol, allons dîner chez Vittoz, au bon coin ;
 Aujourd'hui c'est moi qui régale.

GUIGNOL (*fronçant le sourcil*).

Gnafron, de moi, très-cher, il faudra te passer,
Et, sur-le-champ, tout seul, tu peux te la casser ;
 Nous ne saurions plus nous entendre.
Ton tromblon, ton cœur d'or et ta lourde gaîté
Ne sont guère en faveur dans la société
 Chez laquelle je veux descendre...

Ou bien change de peau ! deviens civilisé ;
Jette la trique au diable, et, le toupet frisé,

Tâche d'imiter nos bélitres ;
Fais canne en jonc, binocle, et chausse l'éperon ;
Sois fat, impertinent, ignare et fanfaron,
    Et chez Grand, va manger des huîtres.

En longs plumeaux pointus taille tes favoris,
Saute à la Closerie, et, bouche en cœur, souris ;
    Des Cocottes deviens l'intime ;
Et quand l'une te plaît, victorieux fripon !
Fais-toi vite agréer en prenant un coupon
    Dans sa compagnie... anonyme.

Mais surtout défais-toi de ces airs de pudeur
Que tu prends en voyant du vice la laideur ;
    C'est mal porté, je te l'assure !
Montrer de la droiture et de l'austérité,
Respecter la vertu, chérir la vérité,
    Pour les coquins, c'est une injure.

Voyons décide-toi !

GNAFRON (*indigné*)

    Hurler avec les loups !
Chignol, y penses-tu ?... Laissons là les filous,
    Les faquins, tous ces semblants d'hommes ;
Je m'en lave les mains ! ! Sommes-nous obligés
De les guérir des maux dont ils sont affligés ?
    Non, non, restons ce que nous sommes.

Certes, je le sais bien, dans ce bel univers
Tout va de mal en pis, à gauche et de travers,

Sous des apparences honnêtes ;
Mais puisqu'un Dieu lui-même en mourant sur la croix
Ne put rien obtenir, que ferait donc la voix
    De doux pauvres marionnettes ?

L'homme ? hé ! je le connais tout aussi bien que toi !
De la création il dit être le roi,
    Quand il n'en est que l'accessoire.
Si tu veux lui parler d'honneur et de vertu,
Il fait un pied de nez... et puis, turlututu !
    Il t'envoie à la balançoire ! !...

Avant de me plier à toutes ces façons
Et devenir gandin en suivant tes leçons,
    J'irais chez les anthropophages !
J'aime leur naturel !.,. J'ai dit.

GUIGNOL (*lui tâtant le pouls*).

                    Voyons un peu...
Oui, c'est cela... Gnafron, vite à Saint-Jean-de-Dieu !
    Je suis sûr que tu déménages !

———

GUIGNOL RÊVEUR

—

GUIGNOL (*assis tristement, le front dans la main et le
    coude appuyé sur une table*).

Allons ! décidément, je le vois, j'ai fait four !
Bravant mille embarras, mille tracasseries,

Parmi ces jeunes beaux qu'on voit à Bellecour,
Dans les cafés-concerts et dans les brasseries,
Désœuvrés de tous rangs quêtant un peu de bruit,
Afin d'étudier je m'étais introduit.

(*Il se lève et marche avec agitation*).

Inconnu dans leur troupe,
Au Casino j'allais applaudir Dolorès,
Ou sur le lac bercer ces dames en chaloupe,
Ou sabler le champagne en fumant des londrès !
Eh bien ! je suis forcé de leur rendre justice :
S'abandonnant sans honte à leurs mauvais penchants,
Saint-Preux d'estaminet, Don Juan de coulisse,
Ils sont bêtes et nuls, soit, mais non pas méchants !

Il faut voir tout le mal qu'ils se donnent pour feindre
D'être mauvais sujets, sceptiques et blasés !
A cette comédie, eux seuls sont abusés...,
Ah ! les pauvres enfants, combien ils sont à plaindre !

Vous, un mauvais sujet ? C'est votre ambition
Parce que vous avez affiché Marion
        Dans une loge d'avant-scène !
Et, qu'après un souper, lorsque vous êtes gris,
Vous chantez comme un rustre, un laquais mal appris,
        Le refrain d'un couplet obscène !

Vous, sceptique ? Allons donc ! Le soir et le matin
N'êtes-vous pas aux pieds d'une ignoble catin
        Qui par de grossières manœuvres
Vous séduit, vous ruine avec facilité,
Et puis, sur son amour et sa fidélité,
        Vous fait avaler des couleuvres !

Et vous, blasé ! sur quoi ? Serait-ce par hasard
Sur le jeu de Cricket ? les bals de l'Alcazar ?
    Les canettes et la choucroûte ?
Par le concours fâcheux de divers accidents,
Perdez-vous l'appétit quand vous poussent les dents ?
    Cupidon fait-il banqueroute ?

Non ! non ! vous n'êtes point encor si malheureux !
Oh ! vous êtes vantards, cœurs faibles, cerveaux creux,
    Soit ; mais au fond, je le parie !
Tout n'est pas mort en vous ! Le bien doit sommeiller,
Et l'on pourrait peut-être un jour le réveiller
    Aux mots Famille ! Honneur ! Patrie !

De ce siècle abruti par les plaisirs des sens,
Où devant tout succès on brûle de l'encens,
Produit incestueux de Basile et Voltaire ;
De ce siècle enfiévré, corrompu, gangrené,
Qui n'a plus qu'un amour, exclusif, effréné,
    L'*Or*, et pour Dieu son *inventaire*,

Voulez-vous hériter ? continuer le mal ?
Repousser la raison, et, stupide animal,
    Suivre les errements des vôtres ?
Ou bien, d'un clair regard embrassant l'avenir,
Du progrès radieux voulez-vous devenir
    Les pionniers et les apôtres ?

Choisissez !

GNAFRON (*sur la porte entrebaillée*).

Puis-je entrer ?

GUIGNOL (*riant*).

Que vois-je, qu'est cela ?
Pour le coup, c'est trop fort ! Mon brave camarade,
Quelle est cette pelure ? Est-ce une mascarade ?
As-tu trouvé le sac ou perdu la boula ?

GNAFRON (*inquiet*).

Ne m'avais-tu pas dit qu'il fallait, pour te suivre,
M'habiller en dandy ?... D'abord j'ai refusé
Et tenu bon trois jours ; mais ne pouvant plus vivre
Loin de toi, mon Chignol ! je me suis déguisé
Et j'accours. N'ai-je pas réussi ? Vois ces bottes,
Ce pantalon collant, ce melon, ces gants verts !...
J'en ai pour dix-sept francs !... Maintenant des Cocottes,
    Tous les salons nous sont ouverts !

GUIGNOL (*essuyant une larme d'attendrissement*).

Merci ! mon vieux, merci !... Mais, sitôt la nuit close,
Rentre chez toi quitter ce sot accoutrement ;
Nous laissons les gandins tranquilles un moment :
Ils ne sont qu'un effet du mal, cherchons la cause !

GNAFRON.

Qu'entends-je ? Aurais-tu donc changé de sentiment ?

GUIGNOL.

J'en change tous les jours !... Mais chut ! pas de réplique
Et laisse-moi la paix.

GNAFRON.

C'est bon ! Décidément
    Il me fait tourner en bourrique !

GUIGNOL IRRITÉ

—

(La scène se passe chez Guignol qui a eu soin de s'enfermer
avec son ami Gnafron, et de s'assurer que personne ne
pouvait les entendre).

GUIGNOL.

Quoi ! toujours patauger dans ce bourbier si noir !
Lorsque le Christ est mort pour racheter les hommes,
Après dix-huit cents ans de souffrances, d'espoir,
De travaux, de combats, c'est là que nous en sommes !

GNAFRON.

Pourquoi s'exagérer le mal comme à plaisir ?
Je ne t'ai jamais vu cette mine abattue !
Le progrès ne va pas selon notre désir,
Mais il marche pourtant, bien qu'à pas de tortue...

GUIGNOL.

Il marche ?... Ah ! oui, c'est vrai ! nous avons la vapeur,
Les railways, les ballons, le gaz, l'imprimerie,
Que sais-je encore ! Hé bien ! c'est une duperie !
Dominer la matière est un succès trompeur ;
Et tandis qu'on s'amuse à lutter de la sorte,
La morale s'éteint ! elle meurt... elle est morte !

GNAFRON.

Ce n'est pas mon avis, et je vois chaque jour
Qu'on en parle avec force à la ville, à la cour,
Qu'on la met en avant...

GUIGNOL.

Pour rester en arrière !
Le plus grand scélérat l'inscrit sur sa bannière...
Faire et dire sont deux ! En proclamant le bien
L'homme en vrai perroquet nous débite son rôle ;
Mais sous ces faux dehors vois le comédien
Dont les actes bientôt démentent la parole !
Oui, regardons au fond sans souci d'un vain bruit ;
Jugeons l'homme à son œuvre, et la plante à son fruit !

GNAFRON.

Hé bien ! soit, disséquons !... Nous l'entendons sans cesse
Parler contre l'éclat d'une vaine richesse,
Plaçant l'honneur au rang des plus grandes vertus !

GUIGNOL.

Mais il va tripoter dans l'antre de Plutus,
Et, saluant bien bas celui qui fait fortune,
L'aspect du malheureux l'éloigne et l'importune.

GNAFRON.

A propos de famille et de toit conjugal
Des plus purs sentiments il fait vibrer les gammes !

GUIGNOL.

Et cependant il fuit ce bonheur trop frugal
Et va folichonner chez les petites dames.

GNAFRON.

Il dit que pour la gloire il brave le danger,
De sa vie au pays qu'il fait le sacrifice...

GUIGNOL.

Et l'œil toujours fixé sur son garde-manger,
Quand on le prend au mot :—Pas d'argent, pas de Suisse !

GNAFRON.

Et s'il est question par hasard d'amitié,
L'éloge à flots pressés s'échappe de sa bouche !

GUIGNOL.

A son ami pourtant il prendra la moitié
De son bien, de son cœur.., et souvent de sa couche !...

GNAFRON.

Il invoque le droit, il exalte la paix,
Il dit que la raison doit gouverner le monde...

GUIGNOL.

Et les faibles partout se courbent sous le faix,
Et, sur le globe entier, le canon roule et gronde !

GNAFRON.

Il plaide éloquemment pour le respect des lois...

GUIGNOL.

Et leur passe la jambe en faisant de l'usure !

GNAFRON.

Il lance l'anathème aux voleurs... maladroits...

GUIGNOL.

Mais il vend ses produits faux poids, courte mesure.

GNAFRON.

Guignol, si je t'en crois, l'homme est loin d'être beau ;
Mais, j'aime à le penser, tu charges le tableau.
L'hyperbole convient dans le trait satirique,
Et tu fais ton métier de manieur de trique !

GUIGNOL.

Je le fais à demi... forcé, pour le moment,
De mettre une sourdine à mon vers trop clément.
L'homme que je dépeins n'est certes pas le pire,
Car aujourd'hui le vice atteint jusqu'au délire !

GNAFRON.

Mais d'où nous vient le mal? Voyons, pourquoi? pourquoi?

GUIGNOL.

Il vient d'un doute affreux qui trouble notre foi !
Oui, tout le mal est là !... sombre et béante plaie
Qui s'élargit toujours et dont l'esprit s'effraie ;
Cancer envahissant de l'un à l'autre lieu

Toutes les régions pour monter jusqu'à Dieu...
Car beaucoup d'entre ceux qui nous doivent l'exemple
Du vrai détachement des choses d'ici-bas,
Aux biens matériels donnent le premier pas
Et font une boutique, un marché du saint temple !
Mendiant sans pudeur...

GNAFRON.

Casse-cou ! casse-cou !...
Viens ! tu dois avoir soif, nous allons boire un coup.

GUIGNOL EN COLÉRE

(La scène se passe chez Guignol qui se promène avec agitation,
tandis que son ami, assis dans un coin, ose à peine le re-
garder et lui adresser quelques paroles entrecoupées).

GUIGNOL.

Tant de duplicité ! tant de scélératesse !
O race vipérine ! abominable espèce !
Que ne puis-je à l'instant, hommes aux cœurs boueux,
Vous écraser d'un coup de ce bâton noueux !

GNAFRON.

Qu'est-il donc arrivé ?

GUIGNOL.

J'étais trop débonnaire !
Mais je suis réveillé par un coup de tonnerre,
Et le cœur labouré comme d'un éperon,
Je comprends et refais le souhait de Néron !

GNAFRON.

Mais.... ne puis-je savoir ?

GUIGNOL.

Oui, je vais tout te dire...
Sache donc que le jour où j'entrepris d'écrire
Mon journal pour clouer le vice au pilori
Et dévoiler enfin notre siècle pourri,
Les morveux, les galeux, les fripons s'alarmèrent
Et, se liguant entr'eux, aussitôt ils formèrent
Un épais bataillon qui se rua sur moi !
Je n'en éprouvai pas d'abord un grand émoi :
Je m'étais préparé, j'attendais de pied ferme,
Et leurs coups m'effleuraient à peine l'épiderme ;
Mais, pendant ce combat, dans ma propre maison,
A mon foyer venait s'asseoir la trahison !...
Des parents que j'aimais, pour qui j'avais sans cesse
Un sourire, un éloge, un mot plein de caresse,
A qui j'offrais ma bourse, à qui j'ouvrais mon cœur,
Ces parents travaillaient à saper mon bonheur...
Sourdement, lâchement, au sein de ma famille,
En me serrant la main, en m'ôtant leurs chapeaux
Ils versaient dans le cœur de mon fils, de ma fille,
Goutte à goutte, avec art, leur venin de crapauds !

GNAFRON.

Comment ! tes chers enfants écoutaient ces maroufles ?

GUIGNOL.

Oui !... leurs jeunes esprits ouverts à tous les souffles,
Par ces vils Escobars lentement préparés,
Furent enfin séduits, pervertis, égarés !...
On y mit de la rage et de la frénésie.
Mon amour, leur dit-on, n'était qu'hypocrisie,
Et loin d'être pour eux un mentor, un soutien,
Je voulais par leur mort m'emparer de leur bien ! ! !
Comprends-tu maintenant ? Dans ces âmes de neige
On avait su jeter un levain sacrilège !
On avait su flétrir dans son germe naissant
Ce sentiment si pur, si doux et si puissant,
Cet amour filial, cette fleur printanière
Qui fait l'enfance heureuse et la vieillesse fière,
Et dont le souvenir dans les jours orageux
Nous rend calmes et bons, justes et courageux !...
Lorsque je m'aperçus du changement rapide
Qui s'était fait dans l'âme autrefois si limpide
De mes pauvre petits ; quand je vis leur amour,
Leur confiance en moi s'altérant chaque jour,
Alors je ressentis quelque chose d'horrible,
L'inconnu dans la nuit poursuivant l'impossible ;
Confusion du bien, du mal, du vrai, du faux !
Une lutte d'atome au milieu du chaos !...
Je voyais sous mes pieds se dérober la terre,
Je doutais de moi-même !... Avais-je été bon père ?
A mon mandat sacré n'avais-je point failli ?
Et ce malheur soudain qui m'avait assailli

N'était-il pas l'effet soit de ma brusquerie,
De ma tendresse aveugle ou de mon incurie?
Ou bien, qui sait! frappé par le destin brutal,
Avais-je été sur eux marqué d'un sceau fatal?
Que croire et que résoudre? En ce péril extrême
Fallait-il m'incliner, ou crier : Anathème!
Et le ciel, dernier port ouvert à l'opprimé,
Insolemment pour moi n'était-il pas fermé?

GNAFRON.

Tes enfants! tes enfants! J'ai hâte de connaître...

GUIGNOL.

Une seconde fois je les ai vu renaître...
A mon appel touchant ils ont tout avoué!...

GNAFRON.

Mais alors le projet des gueux est déjoué!
Et quel était leur but?

GUIGNOL.

Satisfaire la haine
Qu'éprouve un cœur troublé contre une âme sereine,
Que ressent le petit, le laid, le bas, l'obscur
Pour le grand, pour le beau, pour le noble et le pur;
Haine de mirmidon, d'impuissant, d'inutile,
Contre tout ce qui marche et porte un grain fertile;
Conflit perpétuel qui commence à l'égout
Et finit dans les cieux; qu'on retrouve partout;
Antagonisme ardent d'esprit ou de matière :
L'ignorance crasseuse étouffant la lumière;

C'est Tartuffe et Pascal, le moustique et l'aiglon,
La lâcheté frappant l'héroïsme au talon ;
C'est Judas et le Christ, le marais et la cime,
La chenille et la fleur, le serpent et la lime ;
Grincement du caillou qui s'use au diamant,
Grognement du pourceau contre le firmament...

GNAFRON.

Et que leur as-tu fait ?

GUIGNOL.

Rien ! Que faire à des cuistres ?...
Ah ! si... j'ai fait bleuir leurs visages sinistres
Hier, quand devant eux, le regard irrité,
Pour la dernière fois je me suis présenté !

GNAFRON.

Et maintenant, crois-moi, Guignol, pour ta vengeance
Compte sur l'avenir et sur leur conscience...

GUIGNOL.

Les coquins n'en ont pas !

GNAFRON.

En vous voyant plus forts,
Plus unis, plus heureux malgré tous leurs efforts,
Avant peu, sois-en sûr, ils crèveront de rage...

GUIGNOL.

Bon ! c'est le diable alors qui fera mon ouvrage!

GUIGNOL EN COLÈRE

—

GUIGNOL, *un journal à la main*.

On voit ces choses-là dans le siècle où nous sommes !
C'est à ne pas y croire !

GNAFRON, *qui vient d'entrer*.

Eh ! mon Dieu ! que voit-on ?
Qu'à la Bourse on aura perdu de grosses sommes,
La baisse des métaux, la hausse du coton ;
Que le sucre fléchit, que le colza tient ferme,
Que l'on vend au comptant pour acheter à terme,
Qu'on fait de grands efforts pour soutenir les cours
Et que le Mobilier dégringole toujours ;
Que l'on tripote à mort ? l'histoire n'est pas neuve !

GUIGNOL.

S'il me fallait subir une pareille épreuve
J'en mourrais !... mais d'abord je prendrais un fusil...

GNAFRON.

Je préfère un bâton... mais de quoi s'agit-il ?

GUIGNOL.

Du crime le plus grand ! de cette jeune fille,
Belle enfant de seize ans qu'on prit à sa famille,

Chaste et pure un matin, et qu'on jeta le soir
Dans un bouge sans nom, réel enfer du Dante,
Où sur le seuil on laisse à jamais tout espoir,
Où d'horribles lépreux font une orgie ardente,
Où des spectres fuyant la lumière du jour
A des larves vont dire un effrayant amour;
Où l'homme est un cadavre; où déjà la chair pue
Et reçoit les baisers d'une lèvre lippue!...
Oui, c'est là, c'est bien là, dans cet enfer maudit,
Et c'est à ces démons qu'un truand la vendit!
Qu'arriva-t-il après? Lorsque mon esprit sonde
Dans ce gouffre béant, tumultueux, immonde,
Je n'entends plus qu'un bruit confus de cris, de pleurs,
De sanglots, de hoquets, de rires, de clameurs!
Et frémissant, je fuis bien loin de ce repaire
En murmurant : Mon Dieu! et son père! son père!

Oui, le père!... Ah! sais-tu? c'est là le grand martyr.
De honte et de douleur l'enfant pourra mourir,
Mais le père vivra! Ne faut-il pas qu'il venge
Et qu'il essuie un peu les ailes de son ange!
Qu'il aille donc priant, criant par les chemins
En demandant sa fille et se tordant les mains!
Qu'il aille... s'il le peut; mais s'il est pauvre, infirme,
Malade! alors, c'est bon! qu'il demeure en son lit,
Là, bien tranquillement, quand le mal s'accomplit
Et que de son enfant le malheur se confirme!!!

GNAFRON.

Assez! Guignol, assez! dis-moi, par charité,
Que ce n'est là qu'un rêve et non la vérité

GUIGNOL.

Il ne peut exister de doute ou de méprises :
On voit se dérouler devant la cour d'assises
Tous les détails navrants de ce drame infernal,
Et tu pourras les lire ici dans un journal.
Hè bien ! le croirais-tu ? L'opinion publique
Si prompte à s'émouvoir quand sa bourse est en jeu,
Et qui pour la Risette et la Busseuil prend feu,
Devant cet attentat reste froide, apathique !

GNAFRON.

Mais enfin le brigand est frappé par la loi ?

GUIGNOL.

Il en a pour cinq ans...

GNAFRON.

C'est trop doux, je réclame !

GUIGNOL.

Il les fera galment, sois-en sûr ; après quoi
Plus rusé, plus hardi, ce scélérat infâme,
Ce trafiquant des corps dont il a souillé l'âme,
Viendra tout simplement reprendre son emploi !...
Puis, bientôt assez riche, il quittera son antre,
Et se donnant les airs d'un honnête rentier,
Bien mis, le verbe haut, breloques sur le ventre,
Il ira s'installer dans le meilleur quartier.
Il pourra, — le hasard est quelquefois étrange, —
Prendre son logement là sur notre palier...

Et le ribaud tout chaud encor de noire fange
Nous frôlera dix fois par jour dans l'escalier !

GNAFRON.

En ce cas les voisins sauraient bien, je le pense,
Lui montrer leur mépris... le mépris du silence!

GUIGNOL.

Il peut s'en rencontrer quelquefois un sur cent
Qui lui tiendra rigueur; mais l'or est si puissant,
Son action sur l'homme est toujours si complète
Que les autres iront lui faire la courbette....
Et, soit indifférence, intérêt, lâcheté,
Il sera bien reçu dans la société;
Et tel bourgeois timide ayant horreur du vice
Acceptera de lui quelque petit service!
Enfin, son beau salon sera le rendez-vous
D'un monde croassant, gens titrés et voyous,
Dames du meilleur ton, drôlesses impudiques,
Mères des tapis francs et courtauds de boutiques,
Vivant au mieux ensemble et tramant, dans la nuit,
Contre toi, contre ceux que leur haine poursuit,
Contre la probité leur mortelle ennemie,
Quelque tour monstrueux, quelque sombre infamie...
Ah! laisse-moi finir! — Pour le voleur d'enfant,
Ce vampire hideux, ce mandrin triomphant,
Ma haine a la grandeur d'un océan sans bornes!
Mais pour les courtisans qui vont flairant son or
J'en ai dix fois, cent fois, mille fois plus encor..,

GNAFRON.

Hé bien! tu ne sais pas, Guignol, fais-leur les cornes!...

GUIGNOL EN COLÈRE

—

(Les deux inséparables se promènent sur le cours
des Tapis.)

GNAFRON.

Hé, bien! oui, je l'avoue humblement, cher Guignol,
Je suis las d'un destin si triste et si précaire!
Toujours battre le cuir et tirer le ligneul
Pour manger du pain dur et des pommes de terre;
Dans un travail de nègre avoir le corps brisé
Pour être mal logé, mal vêtu, méprisé,
J'en ai suffisamment et ne puis plus me taire.

GUIGNOL.

Vraiment! voilà du neuf! Et que prétends-tu faire?

GNAFRON.

Je ne sais pas au juste, il me faut réfléchir;
Mais il est arrêté que je veux m'enrichir,
Fallût-il, à défaut de talents, de science,
M'abaisser, m'avilir, vendre ma conscience!

GUIGNOL.

C'est la mode aujourd'hui!... du reste, j'en conviens,
Jadis on se servait aussi de ces moyens....
Bien, tu réussiras! j'admets!... te voilà riche,
Après?....

GNAFRON.

Comment, après? J'abandonne ma niche
Sans demander mon reste! et je vais bravement
Dans le plus beau quartier prendre un bon logement;
Et là, bien délivré des soucis de la vie,
Dans une douce aisance et sans m'épargner rien,
Je coulerai des jours vraiment dignes d'envie,
Trouvant encor le temps de faire un peu de bien....

GUIGNOL.

Erreur!... quand tu verras s'arrondir ta fortune,
Subissant malgré toi l'illusion commune
Qui fait que plus on a, plus on voudrait avoir,
Jamais de t'arrêter tu n'auras le pouvoir.

GNAFRON.

Tu ne me connais pas, Guignol, et je t'assure!...

GUIGNOL.

Tous protestent ainsi! chacun affirme et jure
Qu'il se contentera d'un faible revenu;
Mais à son chiffre enfin dès qu'on est parvenu,
On n'en veut pas démordre, on a pris goût au lucre.
— Comment! se retirer si jeune? y pensez-vous!
Nous nous ennuyerions, nous en deviendrions fous! —
Et l'on boulotte encor sur l'huile et sur le sucre....

GNAFRON.

Oui, mais quand le richard atteint son million,
Il s'arrête?....

GUIGNOL.

Du tout ! il en veut trois ou quatre ;
Et, comme un vrai forçat, on le voit se débattre,
Toujours plus dévoré de sotte ambition !
S'il pouvait à son gré s'arrêter sur la pente
Et dans quelque oasis aller dresser sa tente,
Pour y jouir en paix du fruit de son labeur,
Ce serait tout d'un coup pour lui trop de bonheur !
Mais s'arrêter ! non, non ! Fatal, inexorable,
Le vertige de l'or l'entraîne, et, misérable,
Courbé, vieux, rachitique, un pied dans le tombeau,
Se cramponnant encore au plus chétif lambeau,
Au gain le plus sordide, il ne voit, il ne rêve
Que d'entasser toujours, rapace, ardent, sans trêve,
Oubliant tout le reste ! ignorant le ciel bleu,
Les fleurs et le soleil, l'amour, la vie et Dieu !!

GNAFRON.

Holà ! ce malheureux est donc dans la démence !...
Qui faut-il en blâmer, sinon la Providence
Qui l'abandonne ainsi ?... la Providence a tort !

GUIGNOL.

Elle a cent fois raison, et je l'approuve fort !
Je vois le châtiment de celui qui l'oublie,
Dans cet amour de l'or qui touche à la folie ;
Et, pour cet égoïste embourbé dans l'erreur,
Qui chiffre, additionne et suppute une hausse,
Le jour même où la mort le fait choir dans la fosse,
Je n'ai point de pitié ; je m'en ris de bon cœur !

GNAFRON.

Guignol, si j'en croyais ton étrange faconde,
Tu deviendrais méchant !...

GUIGNOL.

                    Moi ? pas le moins du monde.
Sur les vices de l'homme autrefois j'ai pleuré,
Sans avoir pu convaincre un seul cœur égaré ;
J'en veux rire aujourd'hui comme fit Démocrite,
Et c'est vraiment bien tout ce que l'homme mérite !
Oui, quand cet insensé que rien ne satisfait,
Qui prend pour lui tout seul la ration de mille,
Et qui, s'il n'est nuisible, est au moins inutile,
Meurt sans avoir vécu, — je dis que c'est bien fait ! —

GNAFRON.

Soit ; mais rien ne se perd, et ce riche héritage
Sera pour les enfants !...

GUIGNOL.

                    Créés à son image,
Les petits Harpagons dont les cœurs desséchés
Aux biens matériels se seront attachés,
Suçant par chaque pore un poison délétère,
Pousseront à l'excès les défauts de leur père,
Ecrasant les petits, écorchant les vaincus,
Aux pauvres disputant les sous et les écus,
A tous les râteliers mangeant une bouchée,
Sans éprouver de honte en leur âme ébauchée ;

Ou bien, diminués, infirmes et crétins
Ils se feront gruger par toutes les catins,
Et trouveront bientôt et ruine, et misère,
Et déshonneur peut-être !!

GNAFRON.

            Ah ! Dieu ! quelle galère
Je n'en veux plus !!.... Ma tête, ami, se détraquait,
Et je vais retourner de suite et sans contrainte,
Remuer l'eau puante au fond de mon baquet !...

GUIGNOL.

Oui, garde ton bon sens et ta pauvreté sainte !

———

IMPÉNITENCE FINALE

—

Il a cent mille francs de rentes
Sur les gaz, les chemins de fer,
Toutes bonnes valeurs courantes
Qu'on peut réaliser au pair.

Ce n'est pas lui, froid et logique
Qui, faisant un pas d'écolier,
Eût pris des coupons du Mexique,
Des Romains ou du Mobilier !

Non pas ! Fuyant toujours ces risques
Où les badauds se font duper,
Il a les mains pleines de brisques
Et de bons atouts pour couper.

On sait qu'en moyenne il dépense
Mille écus par an, tout compté,
L'abri, *le bonheur* et la panse...
Il met le reste de côté.

Ajoutez qu'il est très-bel homme,
Fort, robuste et plein de santé,
Et n'a qu'une bien faible somme
De cœur, d'esprit et de bonté.

Avec de pareils avantages,
Reçu dans les meilleurs salons,
On voit nos plus grands personnages
Le saluer à reculons !...

Crois-tu son destin désirable,
Lecteur par le sort abattu ?
Eh bien ! il est plus misérable
Que le pauvre idiot Battu.

C'est qu'un tourment secret le ronge,
Et, malgré son puissant effort,
Jour et nuit, à toute heure, il songe,
Il tremble... il a peur de la mort !

Oui, de la mort ! Au sein des fêtes,
Des vains cortéges de l'orgueil,
Il croit déjà sentir les bêtes
Qui le mangent dans son cercueil...

— C'est fatal, certain, nécessaire,
Pense-t-il, un jour je serai
Cadavre étendu sous la terre,
Et lentement je pourrirai...

Le temps n'y fait rien ! Eh ! qu'importe
Que ce soit dans dix ou cent ans
Qu'au cimetière l'on nous porte,
Petits fellahs ou grands sultans !

Puisqu'il doit arriver une heure
Où nos os, informe gâchis,
Rejetés hors de leur demeure
Depuis mille ans seront blanchis ! —

Et, poursuivi de cette idée,
Mais oubliant qu'il est chrétien,
Ame aux pitiés barricadée,
A lui seul il se fait du bien.

Puis il mourra, quoique je dise,
Muni de l'absolution
Et des sacrements de l'Eglise ..
Mais sans une bonne action !

GRANDEUR ET DÉCADENCE

—

J'ai vu passer comme une flèche,
Couchée en sa riche calèche
Aux beaux chevaux gris pommelés,
La plus charmante créature
Qu'ait jamais produit la nature
Sous l'orbe des cieux étoilés !

Elle avait d'adorables poses,
Les paupières à demi-closes
Avec des gestes élégants,
Et, fort empressés, autour d'elle
Trottaient, jouant de la prunelle,
Sept ou huit cavaliers fringants.

Un plaisir à l'autre succède :
Elle va respirer l'air tiède
Au bois ; ce soir on la verra
Avec des diamants parée,
Comme une princesse entourée,
Dans une loge d'opéra.

Chez elle où de musc tout s'imprègne,
On peut dire qu'elle se baigne
Dans l'or, l'ivoire et l'acajou ;
Elle a des baldaquins d'autruche,
Pour se distraire une perruche
Et même un petit sapajou !

Elle se nourrit de brioche
Et d'ortolans cuits à la broche,
Buvant du Sillery frappé ;
Le matin son repas commence
Au saut du lit ; repas immense
Qui finit quand elle a soupé.

Elle a trente ans ; c'est l'apogée.
Dans dix ans vieille et ravagée,
Du demi-monde ange déchu,
Laide, bavarde et tracassière,
Elle sera votre portière
Ayant épousé Barbanchu.

Son teint sera couleur jonquille,
A son nez pendra la roupille
Du tabac qu'elle aura prisé;
Chez l'épicier avec *son homme*
Elle ira boire du rogomme
Jusqu'à ce qu'elle l'ait grisé.

Ou bien, horrible chiffonnière,
De la Boucle à la Mulatière
Elle fera plus d'un trajet,
Fouillant dans la boue et la crotte
Pour remplir d'ordures la hotte
Qu'elle ira vider chez Goujet.

Ou peut-être encor sera-t-elle
Bonne à relaver la vaisselle,
A ses moments désespérés,
Dans l'un de ces bouges nocturnes
Où, méfiants et taciturnes,
Vivent les forçats libérés.

A moins qu'avant la fin d'année
Elle ne soit emprisonnée
Pour fraude ou vol qualifié,
Ou qu'à la morgue on ne regarde
Sa figure exsangue et blafarde,
Et son ventre tuméfié.....

UN POINT NOIR

—

LA FEMME.

Ah ! Messieurs les maris, vous êtes tous les mêmes !
Avant le mariage on vous voit chaque jour
Aimables, empressés, avec des soins extrêmes
Nous promettre merveille en nous faisant la cour !
Mais dès le lendemain vous vous mettez à l'aise ;
Quand on a prononcé le fatal conjungo,
Crac ! vous vous rappelez l'article deux-cent-treize
Et sur nos volontés vous mettez l'embargo.

LE MARI.

Je ne crois pas avoir mérité ces reproches !
Je t'ai toujours traitée avec trop de bonté,
Et si je t'ai donné parfois quelques taloches
C'est que, par tes écarts, tu l'avais mérité.

LA FEMME.

Mes écarts ! quels écarts ! Sans cesse à mon ouvrage,
Il faut tout faire ici ; que le dîner soit prêt,
Raccommoder, soigner les enfants, le ménage ,
Quand tu passes ta vie à boire au cabaret.

LE MARI.

De quoi ! de quoi ! Vraiment tu n'es pas raisonnable !
Avec mes bons amis si je m'amuse un peu

Est-ce donc un grand mal? Serait-il convenable
Que je reste au logis soigner le pot au feu?

LA FEMME.

Je ne dis pas cela ; mais quand je me fatigue
A pourvoir aux besoins de la communauté,
N'est-ce pas ton devoir d'être un peu moins prodigue
De tout ce bel argent qui ne t'a rien coûté?
Car, jusqu'à ce moment, c'est ma dot assez ronde
Qui seule a fait les frais de tout notre entretien;
Mais elle est épuisée, et, que je rie ou gronde
Tu dépenses toujours — et tu ne gagnes rien ! —

LE MARI.

Tu me feras bientôt le plaisir de te taire,
Ou sinon, gare à toi ! je suis le maître ici !

LA FEMME.

Quel changement ! Jadis tu cherchais à me plaire....
Les ressources s'en vont et le crédit aussi !
Déjà les fournisseurs nous font mauvaise mine
Et j'ai vu des voisins nous manquer de respect.
Avant peu nous aurons la honte et la ruine,
La misère sans fond ! je tremble à cet aspect !
Regarde ! cependant notre famille augmente ;
Ignorant, sans état, l'aîné, mauvais sujet,
Vagabonde à son gré, m'insulte et me tourmente !
J'allaite le dernier sans espoir, sans projet !...

LE MARI.

Je ne te comprends plus ! tu grossis chaque chose ;
Tu fais comme à plaisir un tableau tout en noir !

Je veux bien convenir que tout ne soit pas rose,
Mais ce petit défaut ne saurait m'émouvoir.
Ne t'ai-je pas donné cette robe de soie,
Ces riches vêtements relevant la beauté,
Et ces jolis bijoux qui font toute ta joie ?

LA FEMME.

Je les mettrai demain au Mont-de-Piété !...
Ecoute mes conseils; il en est temps peut-être :
Laisse ces faux amis qui t'entraînent au mal ;
Reviens à la raison, ne sois pas seul le maître.
Partageons le pouvoir avec un droit égal !

LE MARI.

Voilà ce que tu veux ! C'est fin comme Gribouille !
N'y compte pas, ma chère ! et là, je te dis vrai,
Laisser dégénérer mes beaux droits en quenouille.
Jamais, au grand jamais je n'y consentirai !
Cependant je suis juste; on verra pour le reste.
Je vais à ce sujet consulter mes amis...
En attendant, ici plus un mot, plus un geste :
A mon autorité je veux qu'on soit soumis.
Bientôt de mes bontés tu recevras la preuve !

LA FEMME (à part).

Que je regrette, hélas! le temps où j'étais veuve !...
Ah ! si j'ai le bonheur de le redevenir,
On peut en être sûr, je saurai m'y tenir !

CONSEILS A MON ONCLE

—

Avec une entière franchise,
— Sauf le respect que je vous dois, —
Mon oncle, il faut que je le dise :
Vous êtes un peu trop grivois.

Comment ! après la soixantaine,
Chauve et courbé depuis longtemps,
Et vous courez la prétentaine
Comme un jeune homme de vingt ans !

Oui, votre faiblesse est sans borne,
Et vous admirez les appas
De la première maritorne
Qui se rencontre sous vos pas.

Grosses, maigres, brunes ou rousses,
Robe de bure ou falbala,
De toutes l'on vous voit aux trousses
Et sans vous gêner pour cela.

Hier encor, vieil Allobroge,
N'aviez-vous pas l'air d'un benêt
Au Casino dans une loge
Entre la Fine et la Bornet !

Fi ! votre conduite est jolie !
J'aurais peine, et j'en fais l'aveu,
De pardonner cette folie
Fût-ce même à votre neveu...

Et puis, quelle est cette aventure
Qui vous arriva l'autre jour,
Et qu'on a jetée en pâture
A la ville... et même à la cour ?

Vous avez beau me faire signe
De me taire, et vous irriter;
Je dirai tout, c'est ma consigne,
Dussiez-vous me déshériter !

Donc, et sous prétexte de chasse,
Au hameau voisin, trop souvent,
Vous rôdez à la même place,
Près de la ferme et nez au vent.

Un soir... derrière une aubépine,
Agenouillé sur le gazon,
On vous vit cherchant une épine
Au pied de la jeune Suzon...

Et ce pied, vierge de chaussure,
De fumier exhalant l'odeur,
Vous le pressiez, on nous l'assure,
Fort tendrement sur votre cœur!

Ah! quand déjà votre main tremble,
Faire toujours le galantin,
C'est trop prolonger, ce me semble,
Votre été de la Saint-Martin.

Vous qui, pour quelques peccadilles,
Naguère me grondiez si fort,
Vous devenez coureur de filles,
Quand il faut songer à la mort !

MODESTE AMBITION.

—

Celui de qui ma Muse intègre
Va calquer sur l'original
Un profil, n'est ni gras, ni maigre,
Ni brun, ni blond, ni bien, ni mal.

Voici : Taille un mètre cinquante,
Menton rond, visage commun,
Yeux roux, nez droit, bouche béante,
Signes particuliers, aucun.

C'est un homme comme un autre homme,
Procréé par la même loi,
J'en suis sûr, ne valant en somme
Ni plus ni moins que vous ou moi.

Du reste, intelligence obtuse,
Main lourde et bras lent à plier,
Il eût fait, si je ne m'abuse,
Un très-médiocre ouvrier.

Mais un jour en fouillant des chartes,
De sales parchemins très-vieux
Et des bouquins mangés des artes,
Il s'écria : J'ai des aïeux !

La trouvaille n'était pas mince :
Parmi des comtes, des barons,
L'un d'eux même avait été prince
Avec couronne à huit fleurons...

!

Il se fourre alors dans la boule,
D'être quelque chose à son tour,
D'avoir, en dominant la foule,
Un peuple, une armée, une cour.

A cette pensée il se livre
Tout entier, avec passion.
Ce pauvre homme ne peut plus vivre
S'il n'est chef d'une nation !

Régner et commander en maître,
Punir ou combler de faveurs
Sont plaisirs dont il veut connaître
Et goûter les âcres saveurs.

A ce jeu son esprit se grise ;
Il pourra lever des impôts,
Tailler, emprunter à sa guise,
Avoir d'innombrables suppôts.

Un espoir rempli de magie
Qui le met sens dessus dessous,
C'est de se voir en effigie
Sur une pièce de cent sous !

Il veut surtout faire la guerre
A Pierre, à Paul, et cœtera,
Pouvoir ensanglanter la terre
A son gré, quand il s'ennuira...

Qu'il acquière ou non de la gloire,
Ses sujets devront être fiers,
Et, pour écrire son histoire,
Il lui faudra son petit Thiers.

Quelquefois on le voit sourire,
Plein de sa folle vanité,
En songeant qu'on lui dira Sire,
Qu'on l'appellera Majesté !

Que des flatteurs avec faconde
Le salûront à son réveil,
Le plus grand Mamouchi du monde,
Fils de la Lune et du Soleil...

Il lui faut tout cela sur l'heure !
S'il ne l'obtient il devient fou.
Tel un enfant gâté qui pleure
Quand on lui refuse un joujou.

Son joujou, lecteur ou lectrice,
C'est vous, c'est moi, c'est tous ! Mon Dieu !
Allons, cédons à son caprice....
Il ne nous cassera qu'un peu !!!...

FOLLE AMBITION

L'histoire que je vais vous dire
Dans le style du dernier goût,
Doit vous faire éclater de rire
Si vous la lisez jusqu'au bout.

Il s'agit d'un homme bizarre
Et qu'en mon enfance j'aimais,
Dont le cerveau fêlé s'égare
S'il est vrai qu'il en eût jamais.

Il est déjà d'un certain âge,
Il a souffert et combattu ;
Pourtant, écoutez son langage :
Il croit encore à la vertu !

Il croit à tout ! Mille chimères
Sur ses yeux mettent leurs bandeaux ;
Il croit que les hommes sont frères
Et que nous naissons tous égaux ;

Que la justice impartiale,
Droite, austère et ferme à son rang,
Tient toujours la balance égale
Entre le petit et le grand...

Pauvre idiot ! Il croit encore,
Et cela fait vraiment pitié !
Au vain sentiment qu'on décore
Du beau nom de *sainte amitié !*

La bonne foi, la confiance,
Ne sont pas de vains mots pour lui ;
Il a, sans effort, la science
De respecter le bien d'autrui.

C'est une assez douce folie
Et qui n'a rien de dangereux,
Il pense qu'on peut dans la vie
En demeurant pauvre être heureux.

Par quels prodiges d'éloquence
Prouver à de pareils sujets
Qu'on peut vendre sa conscience
Afin d'émarger aux budgets !

Contre les fripons, par boutades,
Il plaide avec sévérité,
Fait de ridicules tirades
Sur l'honneur et la probité !

Il faut voir sa mine assurée
Quand il vous parle gravement
Du respect de la foi jurée,
De la sainteté du serment !

Mais surtout, — c'est là qu'il faut rire,
Serrez-vous le ventre au milieu ! —
C'est que, sans le taire ou le dire,
Tout simplement, il croit à Dieu !...

Il croit à Dieu d'un cœur sincère,
L'adore au fond de son esprit,
Suit ses lois... mais le pauvre hère
N'en veut tirer aucun profit !...

Ajoutez qu'il s'est mis en tête,
Plein d'humble résignation,
De vivre et de mourir honnête !
Telle est sa folle ambition...

Mais vous ne riez pas!!! Pourrais-je
De mon but ainsi m'égarer ?
Non pas, lecteur ; c'était un piége !
Je voulais vous faire pleurer.

TÊTE D'ÉTUDE

—

Dans le quartier quand elle passe
Le pied leste et furtivement,
L'œil inquiet, la tête basse,
On rit malicieusement....

On fait quelquefois plus encore :
Avec une langue d'airain
On parle, on commente, on explore,
Et l'épigramme va bon train.

On dit que cette âme bien née,
De l'amour devançant le temps,
A, de tous les jours de l'année,
Fait l'équinoxe de printemps.

De Perrache au faubourg de Bresse
Quand elle vole en un moment,
Est-ce pour aller à confesse...
Ou pour rencontrer son amant ?

Son amant ! Tout bas on murmure
Qu'en voyant baisser ses appas
Et se sentant devenir mûre,
Sans choisir elle prend au tas.

Leur nombre au calcul se dérobe,
Et l'on croit qu'en prenant bien tout
On en ferait le tour du globe
En les ajoutant bout à bout !

On dit, — l'idée est révoltante
Et le trait me semble un peu fort, —
Qu'à *celles* qui paient patente
Par sa conduite elle fait tort.

Que, sous une frêle enveloppe,
C'est un vrai cheval de labour
Qui tisserait de Pénélope
La toile au moins vingt fois par jour ;

Et que, Madeleine endurcie,
Prête à tout ce qui peut surgir,
A son front la honte épaissie
Fait qu'elle ne peut plus rougir !...

Chacun lui donne un coup de patte,
On en fait, de près et de loin,
Des gorges chaudes à la *plate*
Et chez le perruquier du coin.

De ces faits la chronique abonde
Toujours, partout, ici, là-bas ;
C'est le secret de tout le monde...
Son mari seul ne le sait pas.

Ou bien, — souriant dans sa barbe
En philosophe homme de bien, —
Ainsi qu'un autre roi de Garbe
Il sait peut-être... et ne *croit* rien !!!

UNE GUITARE

—

Qu'un ami véritable est un bien précieux !

J'en avais un pourtant !... C'était un pauvre diable ,
Malgré son front hautain, son geste impérieux,
Ses moustaches en croc et son air redoutable
A rendre Sacripant et Gradasse envieux !

Des parents opulents, contre lui furieux,
On ne sait trop pourquoi, sans avis préalable,
Le bannirent un jour ! Fuyant loin de ces lieux,
Depuis lors on le vit errer comme un coupable.

Couvert d'habits étroits, râpés, fallacieux,
Chauds l'été, froids l'hiver, de nuance incroyable,
Il s'en allait chantant des lais harmonieux,
Ou quelque gai flon-flon, ou quelque air lamentable.

Mon barde mal chaussé, sans linge présumable,
Dînait le plus souvent de l'air trop pur des cieux ;
Et puis il se couchait dans le coin d'une étable
Evoquant, mais en vain, des rêves gracieux.

Le lendemain, transi, par un temps pluvieux,
Grattant sur sa guitare un accord introuvable,
Il retourne, inquiet, front sombre et soucieux,
Quêter le sou rouillé qu'on jette au misérable.

Souvent son auditoire était impitoyable,
Et lui tournait le dos distrait et dédaigneux.
Alors, notre héros dur, maussade, irritable,
Jurait entre ses dents par l'enfer et les dieux !

Enfin, las d'un destin si parcimonieux,
Et se ressouvenant de l'accueil agréable
Qu'il trouve à mon foyer au toit silencieux,
Il accourait soudain se rasseoir à ma table !

Ici, quel changement ! C'est simple et confortable :
Repas réglés, doux lit, feu clair, tapis soyeux,
Bons livres, gais propos, humeur invariable,
Frais sourires d'enfants, visages radieux...

C'est un bien précieux qu'un ami véritable !

A l'hospitalité donnant des soins pieux
Ma bonté s'exerçait féconde, inépuisable,
Et quand Pilade avait l'air un peu sérieux
Oreste se faisait une mine effroyable.

J'apaisais, je charmais cette âme vulnérable,
Je le suivais d'un œil attentif, anxieux ;
Aux accents pénétrants de ma voix charitable
Son cœur froissé s'ouvrait rasséréné, joyeux...

Cela dura quinze ans ! — Mais hier ses aïeux
Lui laissèrent enfin un legs considérable !...
Et mon ami partit sans faire ses adieux...
Pourtant j'avais besoin d'une main secourable.

J'avais perdu la veille une femme adorable,
Et, par la banqueroute, un fripon odieux
Venait de me ruiner ! Sur un lit détestable
J'étais sans mouvement et pleurant des deux yeux !

C'est un bien précieux qu'un ami véritable !

IDYLLE

—

Nous étions tous deux du même village,
Son chaume et le mien étaient près voisins ;
Il avait vingt ans, moi pas davantage,
Nous étions amis, voire un peu cousins.

Nous avions glissé sur la même neige
L'hiver, dans les prés, quand la nuit tombait ;
Sur les mêmes bancs du même collége
Nous avions appris le même alphabet.

Ensemble, un beau jour, remplis d'espérance,
Paquet sur le dos et bâton en main,
Joyeux et légers, pour le tour de France
Nous voilà partis... Quand sur le chemin,

Devant nous se dresse une dame brune
Dont les yeux brillaient comme deux soleils,
Qui nous dit : « Enfants, je suis la Fortune
Et veux vous donner de sages conseils.

« D'abord, étouffez les élans de l'âme,
Sachez renoncer à tous les amours,..
Patrie, amitié, et que rien n'enflamme
Vos cœurs désormais fermés pour toujours.

« Faites vos adieux à tout ce qu'on aime :
A l'eau qui se joue avec les roseaux,
Aux fleurs des buissons que le zéphir sème.
A l'écho des bois, aux chants des oiseaux.

« Il n'est pas besoin de s'emplir la tête
D'un profond savoir bon pour les rêveurs ;
Avec du toupet l'homme le plus bête
Obtiendra bientôt toutes mes faveurs.

« Ayez l'œil fixé vers les hauts parages,
Sachez pressentir d'où viendra le vent,
Et, comme Protée, avec cent visages
Saluez bien bas tout soleil levant.

« Oui, devant les grands, dociles machines,
Souriants, muets, rampants et soumis,
Sous le fouet sifflant courbez vos échines
Que vous soyez pairs, valets ou commis !

« Pour atteindre au but tout est légitime ;
L'habile a raison et le faible a tort :
Vantez le succès, narguez la victime,
Cassez l'encensoir au nez du plus fort.

« Sans que la rougeur vous monte à la joue,
Devant les affronts et sous les dédains,
Fallût-il traîner vos fronts dans la boue,
Faites la courbette à tous les gredins.

« Des moindres profits devenez avides,
Chicanez l'obole à la Charité,
Et, crasseux, vilains, avares, sordides,
Vivez dans l'ordure et l'obscurité.

« Jusqu'au bout des doigts sachez les dix codes,
Epluchez Cujas, Rogron et Dupin.
Et, passant la jambe aur lois incommodes,
Dépouillez Cartouche et flouez Scapin.

« Etouffant le cri de la conscience,
La main sur le cœur et l'air convaincu,
En face du ciel niez l'évidence,
S'agit-il d'un trône... ou bien d'un écu !

« Mais il est surtout prudent d'être lâche :
Qu'on vous nomme traître, infâme ou voleur,
Que l'on vous soufflette à coups de cravache,
Ah ! gardez-vous bien d'un sot point d'honneur.

« Et si devant vous on parlait de gloire,
D'honneur, de vertu, de tout noble effort,
D'un monde meilleur auquel il faut croire,
Montrez fièrement votre coffre-fort ! »

En disant ces mots, comme dans un gouffre
La dame à nos yeux disparut soudain
Laissant après elle une odeur de soufre,
Ou de patchouli n'ayant rien d'humain...

Et depuis ce temps, à travers le monde
J'ai vécu bien loin de mon compagnon,
Et quand l'infamie à sa voix féconde
Pour lui se fondait en argent mignon ;

Quand il devenait un *millionnaire*
Tout gonflé d'orgueil et fort insolent,
Moi, je demeurais un *visionnaire*
Regardant en l'air d'un œil indolent.

Aussi, je l'avoue, hé bien ! je suis pauvre,
Pauvre comme Job dut l'être jadis ;
Je rendrais des points au roi du Hanovre,
Mais, sans vanité, je m'en applaudis !

Lyon, Association typographique. — Régard, rue de la Barre, 12

www.ingramcontent.com/pod-product-compliance
Lightning Source LLC
Chambersburg PA
CBHW061658180626
46818CB00003B/1159